U0032188

角落小夥伴

天空藍的每一天

今天　依舊在某處的

角落

默默　生活著的

好朋友們

角落小夥伴

日常的點點滴滴

即將開始

貓 的 故 事

貓

害羞

膽小

溫柔的貓

您先請 您先請

您先請　您先請

常常把角落讓給好朋友的貓

有時候還是會　特別想待在角落裡

例如　以下這些時刻

好想待在角落的時刻

搞錯的時候

被看見的時候

變胖的時候

說不出口的時候

啊—

羞羞羞

羞羞羞

理想中的　體型

理想中的　自己

總是無法

有所改變

這一天望著夕陽西下　黃昏的天空

腦中想起的是　那一天的情景

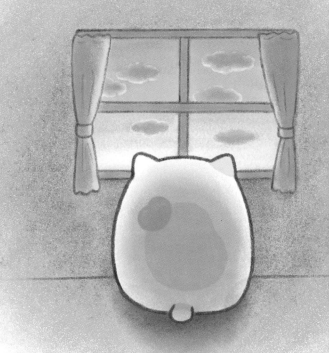

貓　還是　小貓的時候

貪吃　不受控的小貓

吃飯的時候　總是搶先獨享

不知不覺　變成圓嘟嘟的小貓

兄弟姊妹

全都被收養了

貓成長為　漂亮的　流浪貓

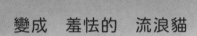

變成　羞怯的　流浪貓

想改變的　自己

改變不了的　每一天

期盼著改變的一天

伏地挺身

仰臥起坐

只要努力　總有一天
一定會變成苗條的貓吧

休息

晚餐　好香

肚子　咕嚕咕嚕　像有個蛋黃的天空

明天　一定會有所改變吧

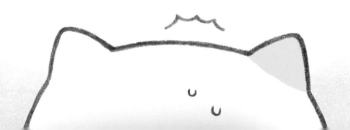

突然　出現了
會說話的　小草？

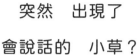

在夢想著
「成為花束」的
雜草
引領之下

貓來到了　某一處角落

在那裡有

和貓相似 (?) 的　圓嘟嘟的一群

和他一起分享　飯糰

這是貓有生以來　吃過

最美味的　飯糰

啊～　羞羞羞　羞羞羞

從那時到現在　總是

一直無法有所改變的　貓

希望有一天 變得

很體貼 很體貼

像　大家一樣

炸豬排和炸蝦尾
的故事

炸豬排

的　邊邊

因為太油

被吃剩下來……

從盤子

角落

跑出來

快逃

快逃

待在　這兒

會被丟掉吧？

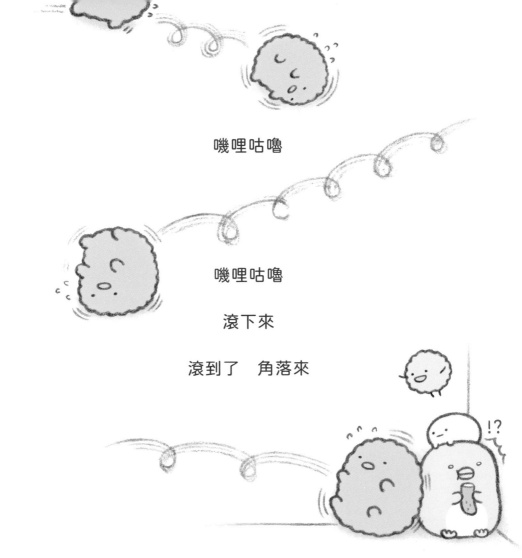

嘰哩咕嚕

嘰哩咕嚕

滾下來

滾到了　角落來

炸蝦

筷子

的　尾巴

因為太硬

被吃剩下來……

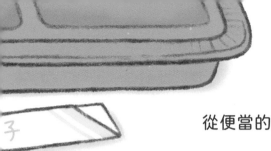

從便當的　角落

逃出來

怎麼辦　怎麼辦

待在這兒　會被丟掉吧？

咚咚咚咚

咚咚咚咚

跑到

角落來

炸豬排與炸蝦尾

在角落　相遇

希望　有一天　能夠被吃掉的炸物

有著被吃剩的　相似境遇

只要　兩個人同心協力一起努力

總有一天　會被吃光光吧？

再　努力一點看看

再　美味一點？

再　大一點？

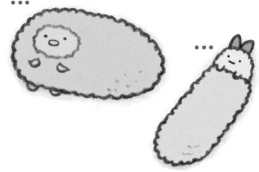

再　可愛一點？

再　帥氣一點？

再　甜一點？　辣一點？　酸一點？

再多一點　多一點……

一直　努力不懈的　炸物雙人組

今天　陰沉沉的天氣　濕漉漉的天空

心情及麵衣

都有些濕答答

酥脆！
炸豬排
1片￥230

半價

一定　要美味的

被吃下肚

雖然　那時候

是那麼期盼著

半價

炸蝦尾&可樂餅便當
￥500

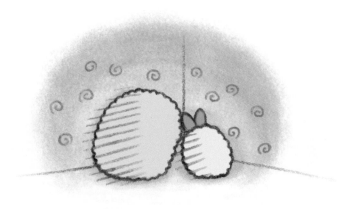

食物　就是食物

但是如果沒被吃掉　那算是什麼呢？

身為食物　究竟為什麼會被吃剩下來？

窸窸 窣窣

窸窸窣窣……

角落小夥伴們

正在開會

好像

計畫好了什麼

來　來　這邊　這邊

歡迎光臨

炸物餐廳

!?

這邊　請坐

今日的　推薦菜單……

好了　完成了！

特製炸豬排炸蝦尾午餐

哇—

啪
啪

身為　食物

還是希望　有一天　會被吃掉

但是　因為被吃剩

才能遇見　大家

天空　乾乾爽爽

一片晴朗

炸物們也是

乾乾爽爽　啵棒的呢！

乾爽

蜥蜴的故事

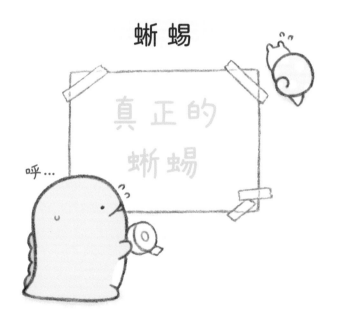

蜥蜴

其實是倖存的恐龍

擔心被獵捕

偽裝成蜥蜴

思念著

大家都不知道的母親

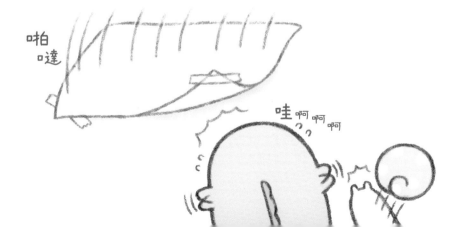

對大家說謊　很抱歉

蜥蜴　其實是　恐龍的孩子

抱歉…

對不起
對不起

偽 蝸 牛

其實是
背著殼的蛞蝓

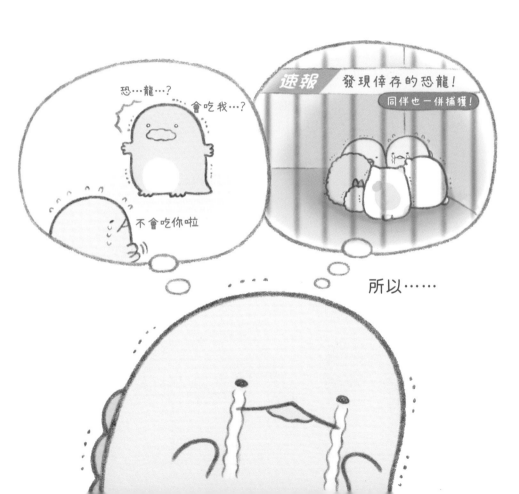

要對大家　保守祕密

蜥蜴 (真正的)

要對大家　保守祕密……

長大以後　會變　這麼大

……但 並沒有變大

吼 —————

······也沒這麼大聲叫過

但確實是隻恐龍

說謊　是不對的事？

說謊　是壞孩子……？

轉啊轉　轉啊轉

思緒不停打轉

睡不著

這樣的夜裡

來到祕密基地

和那一天 一樣

閃亮亮的夜空

母親

是否也在看著呢？

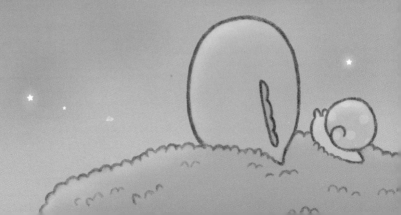

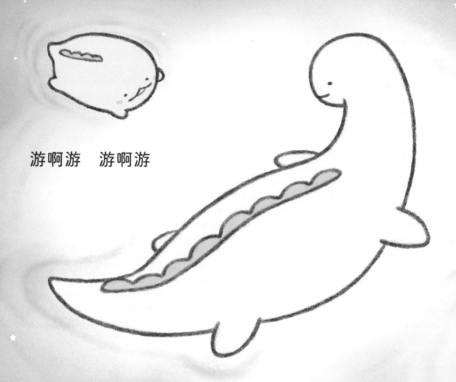

游啊游　　游啊游

乖乖喔

乖乖喔

睡甜甜　甜甜睡

早安

蜥蜴的家　在森林裡

雖然　沒有恐龍同伴

但是　身邊有好多　森林裡的好朋友

所以　沒問題

帶著美麗鮮花和美味鮮魚

去另一個家裡

默默　生活著的　令人安心的　家

親愛的母親

請您安心　雖然我隱瞞真相說了謊

但是我是個好孩子喔

因為　有兩個讓我感到安心的　家

所以我很好　沒問題的

「我回來了。」

「歡迎回家。」

白熊的故事

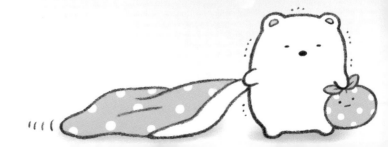

白熊

怕冷的　白熊

逃離寒冷北方

裹布

白熊的
重要物品

白熊　心心念念的盡是

如何　暖一點

再更暖一點呢

例如　像這樣

親手製作了

很多保暖小物

一個人獨占　房間　角落

這樣　就不再　寒冷了嗎？

暖呼呼……迷迷糊糊……

發抖　發抖　發抖

打從出生以來

就很怕冷的　白熊

總是　獨自一人

待在屋子裡

數十年　如一日

一片雪白的　風景

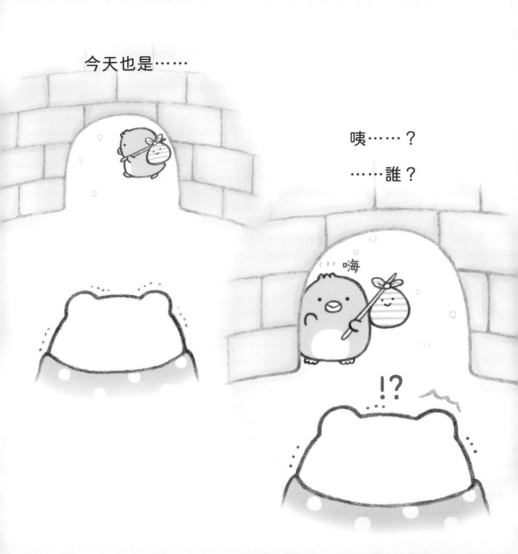

來訪的是　旅行中的　企鵝（真正的）

一直　一直　往南方　走的話

據說可以到達

一片溫暖的海洋

變成好朋友的　企鵝（真正的）

即將　啟程　前往下一段旅程……

白熊　忘不了

企鵝（真正的）　說過的話

告別　白雪紛飛天空下　凍僵的生活

朝　溫暖南方大海　出發

還是　很冷

還是　很冷

獨自一人的

漫長旅程

不知不覺　走到了

某一處　角落

坐在　那兒

休息一下

這裡　怎麼會

讓人　如此安心

…!?

在那兒……

企……鵝……？

從此開始　和角落小夥伴們　在角落

一起生活的　日子

這兒是角落

不是原來想找到的

溫暖的南方大海

但不知怎的　這兒

非常非常的　溫暖

企 鵝 ？ 的 故 事

企 鵝 ？

對自己是不是企鵝？

缺乏自信

隨時　隨地

　都在　尋找自我

總有一天　會找到吧？

綠色的　企鵝

不對　不對

這個　應該也不對？

遍尋不著　一樣的　同伴

今天　還是　沒找到

角落　亂七八糟　白熊　好生氣

企鵝？　也好生氣

啊— 吵架了

啊 ...

從角落離開 一路思索著

何時才能找到 綠色的 企鵝

找不到 找不到

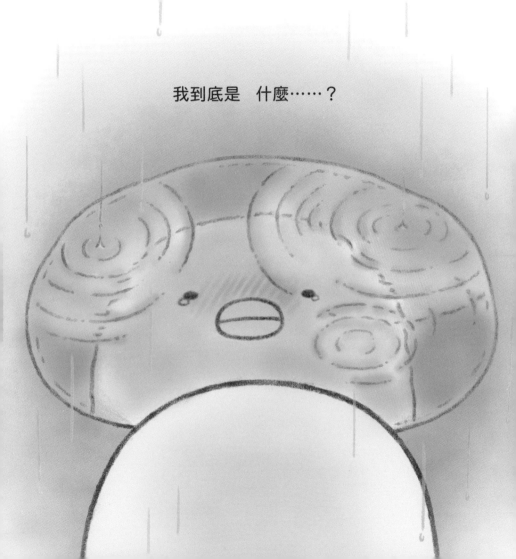

企鵝？的　記憶　遙遠又模糊

這是　哪裡？　我是　誰？

某一天　什麼都想不起來了

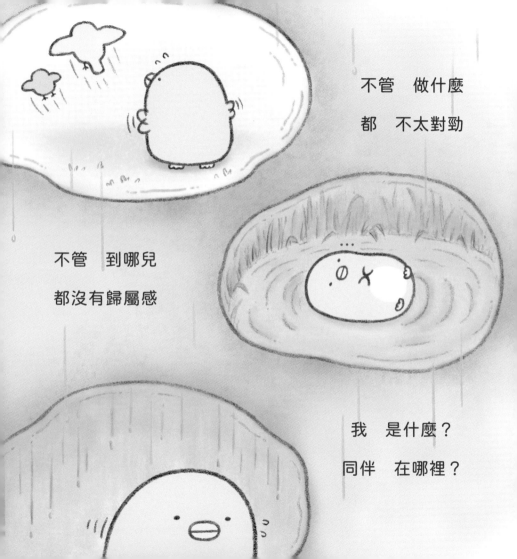

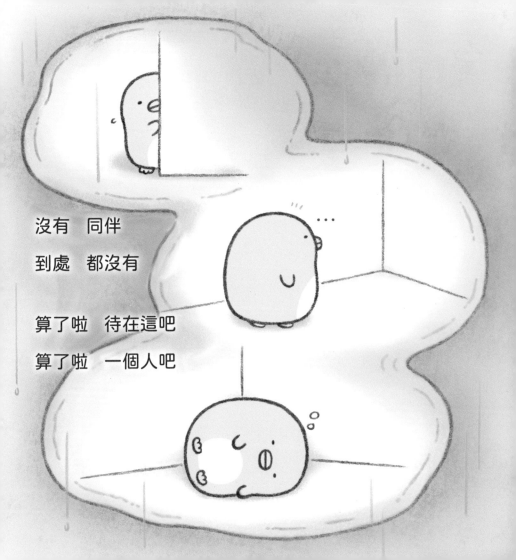

沒有　同伴

到處　都沒有

算了啦　待在這吧

算了啦　一個人吧

雖然是個別獨自

來到角落

每個人 都不一樣 每個人 都一樣

同伴　到底是什麼？

顏色　形狀　一樣的話

是　同伴？

顏色　形狀　不一樣的話

是　同伴？

彙集了　許許多多不同的　顏色

才能形成一道色彩繽紛的　彩虹

歡迎回家

我們回來了

有一天　能找到嗎？　綠色的　企鵝

如果　有一天　找到了　一模一樣的　同伴

大概　是這樣

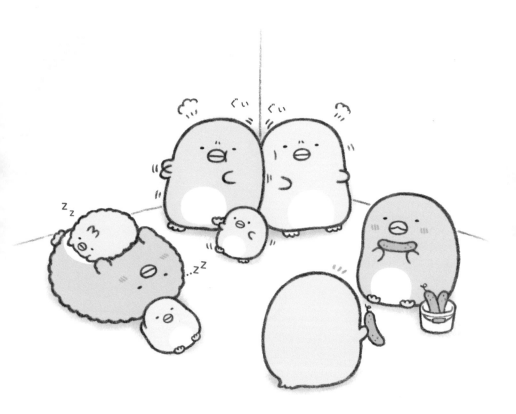

的感覺吧？

我是　企鵝？

雖然　還沒有自信

但今天　就先和角落小夥伴們

好好安心睡一覺吧

總是 一樣的 天空

總是 不一樣的 景色

總是 一樣的 同伴

總是 不一樣的 每一天

一樣的　朋友

一樣的　角落

今天　明天

都是天空藍的每一天

角落小夥伴與好朋友

雜草

擁有一個夢想
希望有一天被嚮往的
花店製作成花束！
個性積極的小草

感情融洽

積極二人組

理想體型

貓

容易害羞的貓
在意自己的體型。
個性怯懦，
常搶不到角落。

飛塵

常常聚集在角落
無憂無慮的
一群。

幽靈

住在閣樓裡。
因為
不想嚇到人
所以躲躲藏藏著。
喜歡打掃。

占位子

裹布

白熊的行李。
常被用來
占位子或禦寒。

重要

白熊

從北方逃跑而來
怕冷又怕生的熊。
待在角落喝杯熱茶
這種時刻最令他安心。

常為了
搶奪角落
而打架

以前好像
長這樣……？

感情融洽

企鵝（真正的）

白熊在北方時
認識的朋友。
來自遙遠的南方
正在世界各地旅行。

企鵝？

對於自己是不是企鵝？缺乏自信。
從前頭上好像有個盤子……
最愛吃小黃瓜。

感情融洽的
炸物二人組

炸蝦尾

因為太硬
而被吃剩下來。
與炸豬排
是心靈相通的好友。

原來的模樣

炸豬排

炸豬排的邊邊。
瘦肉 1%，油脂 99%。
因為太油
而被吃剩下來。

吃剩食物
好友

粉圓

因為奶茶
先被喝光
吸不上來
而被吃剩下來。

偷吃

麻雀

普通的麻雀。
喜歡炸豬排
常常來偷啄一口。

貓頭鷹

雖然是夜行性動物
為了配合
好朋友麻雀
白天不睡覺。

母親

心懷祕密
好朋友

偽蝸牛

嚮往成為蝸牛
背上殼的蛞蝓。
因為說謊而感到內疚……
但是角落小夥伴
都知道他是蛞蝓了。

感情融洽

蜥蜴

其實是倖存的恐龍。
擔心被捕捉而偽裝成蜥蜴。
大家都不知道實情。
知道真相的
只有偽蝸牛。

相似物

蜥蜴（真正的）

蜥蜴的朋友。
居住在森林裡的
真蜥蜴。
個性不拘小節且樂天。

鼴鼠

住在地底下。
因為地面上太喧鬧，
上來一探究竟。

蘑菇

住在森林裡的小蘑菇。
在意自己的蘑傘太小，
所以
戴上一個大蘑傘。

角落小夥伴
天空藍的每一天

圖・文　橫溝由里

總 編 輯　賈俊國

副總編輯　蘇士尹　　　　　　　行銷企畫　張莉滎・蕭羽猜

編　　輯　高懿萩　　　　　　　翻　　譯　高雅淋

發 行 人　何飛鵬
法律顧問　元禾法律事務所　王子文律師
出　　版　布克文化出版事業部
　　　　　台北市民生東路二段 141 號 8 樓
　　　　　電話：02-2500-7008 傳真：02-2502-7676
　　　　　E-mail：sbooker.service@cite.com.tw
發　　行　英屬蓋曼群島商家庭傳媒股份有限公司城邦分公司
　　　　　台北市中山區民生東路二段 141 號 2 樓
　　　　　書虫客服服務專線：02-25007718；25007719
　　　　　24 小時傳真專線：02-25001990；25001991
　　　　　劃撥帳號：19863813；戶名：書虫股份有限公司
　　　　　讀者服務信箱：service@readingclub.com.tw
香港發行所　城邦（香港）出版集團有限公司
　　　　　香港灣仔駱克道 193 號東超商業中心 1 樓
　　　　　電話：+852-2508-6231 傳真：+852-2578-9337
　　　　　E-mail：hkcite@biznetvigator.com
馬新發行所　城邦（馬新）出版集團
　　　　　Cité (M) Sdn. Bhd. 41, Jalan Radin Anum,
　　　　　Bandar Baru Sri Petaling,57000 Kuala Lumpur,
　　　　　Malaysia
　　　　　電話：+603-9057-8822 傳真：+603-9057-6622
印　　刷　韋懋實業有限公司
初　　版　2021 年 1 月　　　　初　版 2023 年 7 月 30.5 刷
定　　價　300 元　　　　　　　ISBN　978-986-5405-84-7

城邦讀書花園　布克文化
www.cite.com.tw　WWW.SBOOKER.COM.TW